▶ 梁望峯 著 ◀ 　　　　　▶ 雅仁 繪 ◀

超能力訓練小學

神秘的許願亭

目錄

超能力訓練小學

周星星

成績差勁，調皮多嘴，最愛搞怪，但又怕別人會不喜歡他。只想將歡樂帶給大家，希望人見人愛。

小黑

自嘲為「地獄黑仔王」，總覺得所有噩運都會跟隨着他，最大的願望就是「添好運」。

Cool

性格冷漠的女生，在一群人之中，有她這個人好像沒有她這個人存在的一樣。看似憤世嫉俗，但其實外冷內熱。

教主

班裏第一模範生，為人處事成熟正直，是眾人的意見領袖。陽光明朗的他，卻有一個悲傷的過去。

郭雪綠

個性單純，觀察入微，善解人意的女生，天生有一份天使般的善心。

八珍

說話巴辣刻薄，口不擇言，經常跟男生鬥嘴，胖胖的身形是她最大的煩惱，但又極愛吃零食。

第一章
超能力許願亭

事情該從何處開始説起呢？

不如，就由我們六個好朋友一同得到 ⚡**超能力**⚡ 的那天，作為故事開端吧。

那天是召月小學的學校旅行日，到了太平山的山頂公園，學生們開始了**自由活動**。六個總愛聚在一起遊玩的小四同學，在山頂的小徑散步，愈走便愈遠，周圍再也見不到其他同校學生

了。

　　本來 ☀ **陽光普照** 的天空，忽然變成了倒瀉墨汁似的烏黑，並開始下起豆大的雨點來。各人都沒有帶雨傘，眼看要變 **落湯雞** 💧 了，觀察力特別高強的郭雪綠說：「那裏有個涼亭，我們快去避雨！」

五人循着郭雪綠所指位置看去，才發現那邊小徑兩旁的樹林中，真有個小小的 **避雨亭**，大伙兒在沒得選擇之下，只好馬上跑進亭內。

這時，雨勢又再加大，抬眼看看亭外滴滴答答的雨幕，簡直像個大瀑布，大家頻呼好運。

最愛自嘲是「**地獄黑仔王**」的小黑，總覺得自己不停在走霉運，他不禁加倍感動：「**真不可思議**啊！是你們五人給我帶來好運氣吧？換作只有我自己，到了現在應該仍在路上淋雨，身上濕得好像剛從泳池爬上來那樣吧……對了，我更會由嘴巴噴出一條 **水柱** 來，好像喜劇常見的橋段！」

一向口不擇言的八珍挖苦說：「嘻嘻，作為一個男生，有一副 出水芙蓉 的面貌也很不錯

啊！」

　　這時候，郭雪綠又好像發現了什麼，她說：

「大家來看這一邊。」

　　眾人把欣賞着 *雨景* 的目光轉回面積不

大、但總算可供六人從容站立的亭子內，只見仰

起頭的郭雪綠向亭頂抬了抬下巴，上面有個牌匾

寫着：

超能力許願亭

請誠心誠意的許願，
説出你最想得到的超能力，你必定可夢想成真！

朋友們公認的開心果周星星，雙眼即時發亮，磨拳擦掌興奮地說：「超能力許願亭？我們只要許願，就可以得到超能力了嗎？」

八珍翻白眼說：「你已經是個小學四年級生了，真要像幼稚園高班學生般**天真無邪**嗎？」

周星星卻不管八珍的冷言冷語，即時緊閉兩眼合十雙手，用最**誠懇**的語氣大聲地說：

「神啊！求你賜給我**讀心**的超能力吧！有讀心術最棒了！」

八珍又忍不住插嘴：「恐怕你更需要的，是讀書的超能力吧！」

周星星無奈地呶了呶嘴。他和班上的小霸王暴暴龍，每次測驗都在爭相搶奪**全班最**

低分的「最佳成績」。八珍的話準確地篤中周星星的死穴，大家都失笑起來。

見周星星許下宏願，小黑也**不執輸**，口中唸唸有詞：「要是我可以擁有一種超能力……只能有一項超能力啊？那很難選擇吧！我什麼也想要！」

這時候，天空忽然傳來一下悶雷的聲音，彷

佛在向**舉棋不定**的小黑怒吼,小黑縮了一下頭頸,卻突然想通了:

「我想到了,要是真有超能力,我想要⋯⋯**添好運**!」

五個朋友又忍不住笑。「添好運」是香港一家頗著名的點心專門店,但經「地獄黑仔王」小黑這樣一說,又好像**別有一番意義**。

對啊,倒霉的人,真有可能需要添上多一點點的好運!誰説不是呢?

説話最少的女生 Cool,抬眼看着「超能力許願亭」的牌匾,輕輕説了一句:

「我希望可以**隱形**。」

八珍見三個朋友都分別許了願,她橫掃眾人一眼,一副真受不了的神情説:「搞什麼啊?大

家不是認真吧？要是有個笨蛋走到這個許願亭，希望得到 **啪**一下**手指**，地球就有一半人消失的超能力，那還得了嗎？」

周星星聽見八珍這樣說，馬上後悔莫及：「對啊！我應該許這個願，我希望地球有一半聰明的人消失，我這種笨蛋就顯得沒有那麼笨了！」

八珍提醒他：「說不定，當聰明人全部消失後，在一群不那麼聰明的笨蛋中，你只會顯得更笨！」

溫文友善的教主，也給這種爭相許願的熾熱氣氛感染了，他綻放出陽光般的微笑，盯着牌匾許了個願：

「要是真的可以，我但願擁有操縱**時間**

的超能力！」

郭雪綠有點不好意思地說：

「既然如此，我想要 **透視眼** 。」

五個朋友一同把視線轉向八珍，就只剩下她

還未許願。

八珍一臉不屑：「我才不想做笨蛋！」

周星星聽到八珍這樣説，即時**磨拳擦掌**興奮地説：「對啊，你千萬別做笨蛋！既然你不想許願，就把這個願望轉讓給我吧！我另一個願望就是——」

八珍飛快地合十了雙手，嘴巴喃喃地説了些什麼，但她**沒有發出聲音**來，無人知道她許了什麼願。許願完畢，她對大家説：「既然我的朋友都是笨蛋，我跟着你們一同笨就好了！」

周星星撞一下她手肘，打探着問：「喂，你想要什麼超能力啊？」

八珍看着眾人，**狡猾一笑**：「要是這個超能力真的實現了，你們總會知道的吧。」

這時候，本來下着**暴雨**、又不斷響着

☁️**悶雷**的天空，彷彿要進一步展現它的強大威力。終於，第一道 *雷電* ⚡劃破烏雲打下來，不偏不倚的劈落在許願亭的亭頂，六個朋友避無可避，一陣巨大的強光在眼前閃過，眾人便即時**失去意識**。

———————————◆———————————

過了不知多久後，小黑首先轉醒過來，他戴起了跌在面前的近視眼鏡，只見自己和五個朋友也倒在避雨亭內的地上，他逐一推醒他們，大家發現自己**毫髮**無損，簡直難以置信，頻呼好運。

看看亭外，竟已換過了另一番景象。只見暴風雨已消失了，回復了陽光燦爛，眾人即時起程

趕回旅行的集合點。

周星星是個藏不住任何秘密的大嘴巴，他抓住幾個小四甲班的同學，嘩啦嘩啦地告訴他們剛才的奇遇，還附送一大堆**誇張**的**動作**，眾同學聽完都笑不攏嘴。

全班身高最高、達 153cm 的男生 153 說：「猩猩，你說笑話的技巧是愈來愈高強了！但你這個 *超能力者大戰 雷神* 的故事有個很大的漏洞，剛才一直陽光普照，哪來的下雨和行雷閃電啊？」

「我不是在說笑，我可是**認真**的，保證字字屬實！」周星星見到大家皆用一副沒好氣、不相信的表情看他，他**生氣**地舉起了三隻手指：「我周星星向天發誓——」

153 **挖苦**着説：「你不是説，剛剛被雷電劈過了嗎？還要向天發誓，讓自己被劈多一次啊？你不如放過自己吧！」

「不是啦，剛才真的**風雨交加** ——」

153 不耐煩了，揮手打斷他的話，俯視着只有 123cm 的周星星説：「黑雲也沒一片，哪來的風雨交加啊？笑話聽到這裏好了，我們去玩捉迷

藏，你要不要來？」

153 和追隨着他的幾個男女生走開後，心有不甘的周星星，又想捉住其他同學繼續**真情告白**，郭雪綠卻制止了他：「猩猩，我們還是別把這件事説出去好了。」

「為什麼？」

郭雪綠蹲下了身子，觸摸一下山頂公園的草地和泥土：「按着剛才的**雨勢**，就算陽光重新冒出來，在短時間內也不可能把整片土地**曬乾**。但你們看看這片泥地，乾旱到龜裂的程度，真有好一陣子沒被雨水浸過了。」

眾人也佩服郭雪綠的觀察力高強，剛才他們到底有沒有經歷過一場**狂風暴雨**和被雷電劈中？甚至乎，究竟真的曾因避雨而跑進一個亭

子內嗎？一切變得疑幻似真。

各人**互相對望**，教主微笑地開口了：

「無論如何，我們六個朋友平安無事就好了，沒

有比這個更重要的啊！」

　　教主溫暖的安慰話，總有鎮定人心的能力，大家總算輕鬆下來了。

　　六人覺得自己好像做了一場奇怪的夢，雖然留下滿心疑團，但也只好不了了之。

第二章

超能力啟動

學校旅行結束後，周星星即時趕去家樓下的 **足球場** ⚽。住在附近的幾個小男生，每天都會在這裏集結。

周星星讀書成績一向很差勁，但他的運動細胞卻相當不俗，無論田徑、跳高、籃球或羽毛球，他無一不精。尤其對足球更是情有獨鍾，他希望將來有機會成為 **職業足球員**，說準確一點，他希望可以做一個偉大的守門員。

　　因為，他覺得為球隊守住最後一關，就像坐鎮城門的**大將軍**，感覺帥極了！

　　可惜的是，平日屢屢救出險球的他，這天的表現卻**嚴重失準**。

　　周星星那一隊和敵隊，約定了先取三球者得勝。隊友們辛辛苦苦地射入了兩球，眼看勝利在望，沒想到敵隊卻在五分鐘內快速連入兩球追和了。周星星眼看落入龍門內掛網的足球，對自己的表現失望不已，**無地自容**。

　　——不知道隊友們會怎樣看我？我真是個罪人啊！

　　就在這時候，他聽見兩個隊友在他身後的對話：

猩猩今天搞什麼啊！本來有很大機會贏出比賽，敵隊要請我們喝汽水的啦！現在隨時要反勝為敗，形勢可危險了！

我一早覺得猩猩沒有做守門員的天分，不如換阿奇出場好了！阿奇應該不會失剛才那兩球吧？

　　是的，在球場的看台上正坐着一個準備接替周星星、隨時候命披甲上陣的**後備**守門員阿奇！周星星拾起了網內的足球，把視線轉回球場內，硬着頭皮跟隊友連聲致歉：

對不起各位啦！我會**打醒精神**，不會再失球了！你們留着我將功補過吧，拜託別換我出場啦！

兩個隊友奇怪地互相對望，然後一同望向周星星，**異口同聲**地説：「我們沒説什麼啊，你好好努力就可以了！」

　　球賽繼續，三分鐘後，敵隊開了一個角球，周星星的一個隊友因心情太緊張，竟然在禁區用手誤觸了球，球證判罰。

　　全隊的隊員皆用雙手掩上了臉，有兩人更蹲在地上用兩手抱着後腦，這次完了。

　　因為，根據統計，射入十二碼的機會高達百分之八十七，射失的機會*微乎其微*。

　　這場比賽是輸定了嗎？至少，隊員們的一臉絕望告訴周星星，大家也是這樣想。

　　敵隊的前鋒把球放在十二碼點前，周星星也慢慢走向龍門前，垂下頭默默*祈禱*，希望給自己多一點信心。

　　突然之間，他聽到那個前鋒説：

> 我應該射左上方，還是右下方呢？不不不，他們現在輸了氣勢，我應該射中間，讓他隨便撲去哪一邊都要輸掉！

周星星很生氣啊！這明顯就是**騷擾對手**的一種方法了吧？他抬起眼看向那前鋒，正想開口斥責時，沒想到教他驚異的事發生了。

只見那前鋒明明板着臉**抿着嘴巴**，但周星星卻繼續聽到對方的「聲音」。

嘿嘿，這樣失球，這個笨蛋必定會很生氣！好吧，我就射向龍門中間的中上位置好了！

周星星以為自己**思覺失調**了，腦中一片空白，但那前鋒已開始助跑射球，他再也沒有考慮餘地，只好相信「提示」，沒有撲向任何一邊，反而站定在龍門中央，專注看着朝他頭上射過來的球，**眼明手快**地接住了。

　　一眾掩着面害怕輸掉比賽的隊友，看見周星星居然接到十二碼，都感到難以置信，即時大聲歡呼。

　　周星星看着射失致勝一球的敵隊前鋒，忍不住反擊地挖苦：「請問一下，現在誰是**笨蛋**

了？」

　　那前鋒目瞪口呆的看着他，如見鬼魅。

　　周星星神乎其技的救球，令全隊**士氣大** ，兩分鐘後的一次進擊，他們終於再奪一球勝出！

　　眾隊友們一如過往的「贏波」傳統，互相搭着肩膊圍成一圈，**開心慶賀**。周星星又偷聽到隊友「不能説的秘密」：

> 幸好沒有把猩猩換出去！否則，阿奇怎有可能接到那個邪惡十二碼啊？

> 今天的最大功臣就是猩猩了，我要請他吃魚蛋！

> 唉，猩猩真是鋼門！幸好他們沒有把我這個後備守門員換出去，否則，我一定撲不到那個要命的十二碼，大家一定會說，阿奇真是個千古罪人啊！

> 猩猩真是個不可多得的守門員，面對着沉重的心理壓力，他居然也承受得來！將來有重要賽事，鐵定要找他坐鎮，因為他可以穩定軍心啊！

　　偷聽到隊友們的一致好評，讓周星星既開心又感動不已。

　　他一向害怕別人會不喜歡他，所以，他總愛把自己當作**喜劇演員**，將歡樂帶給大家，希望令自己變得人見人愛。

可是，這並不足夠，遠遠不足夠的啊！就算他看起來廣受歡迎，但他更在乎別人在心底裏對他的「**真正想法**」。

所以，這就是他一直希望可以閱讀人心的原因了。

這一刻，興奮過後稍稍冷靜下來的周星星，心裏閃過一個念頭：那個超能力許願亭可不是幻象，他真的得到想要的**讀心術**啦！

Cool 一向 很少說話 。

就算身在一群朋友之中，她依然是靜默到好像沒有她這個人存在一樣。

Cool 的沉靜也不是沒道理。她居住的地區

比較龍蛇混雜，有很多壞人出沒，母親自小便叮囑 Cool 要 **少管閒事**，每次進出都要提高警覺，這使她習慣了跟所有人保持距離，少説話為佳，活像一頭趁人們不覺時才會靜悄悄走出來覓食的小老鼠。

可是，就算她刻意想避開危險，但危機還是會找上門來。

這天剛結束了學校旅行日，累壞了的 Cool 乘巴士回到居住的地區，天色已灰暗下來了。Cool 路過回家必經的公園，由於公園內的路燈 **光線微弱**，走在裏面總是感覺陰涼可怕，Cool 不禁快步而過。

路過公園，穿過一個簡陋殘舊的 **小商場**，再沿小徑走約兩分鐘，就能抵達 Cool 住的那幢

樓宇。當她在小徑走着走着，路過一個供街坊下棋的象棋石桌時，她看到桌上坐着三個頭髮染成紅色、綠色、藍色的少女。三人盪着一雙長腿，百無聊賴地掃手機。Cool 卻覺得她們很**可怕**，就像是漫畫裏的壞人角色，隨時會做出什麼壞事來。

Cool 走過三人面前，刻意不看她們，正想加快腳步走過，沒想到綠髮少女一抬眼就發現了她，突然**大聲**喚她：

「喂，小朋友，過來一下啊！」

Cool 全身冰冷，只好**裝作**聽不見，繼續向前走。綠髮少女見 Cool 不理睬她，即時就生氣了，跳下石桌去追。藍髮少女和紅髮少女也跟隨着她的行動，三人追在 Cool 身後。

Cool 嚇得像一頭**撞見了貓咪的老鼠**，為免被活捉，想到的就只有逃跑而已！她慌亂地向前跑了一分鐘，拐過了一個轉角，才發現那是個沒有前路的冷巷。巷子盡頭是**一道高高的牆**，沒有爬過去的可能。

身後傳來雜亂的腳步聲，Cool 知道三名少

女正追上來，她逼不得已的走進死巷內，見到高牆旁有一個巨型的**綠色垃圾桶**，情急之下，她只好走到垃圾桶後躲起來。

Cool 心想，這真是窮途末路了吧！

一想到自己被揪出來後，將會被修理得多慘，她只好蹲下身子，用兩臂抱住了頭，閉起雙眼，等待「末日」來臨。

三人的腳步**愈來愈近**，最後腳步聲在前面不遠處驟然停下。她聽到綠髮少女的聲音：「明明見到她走進這個後巷啊！」

紅髮少女傳來**嘲笑**的聲音：「是你看錯了吧？」

綠髮少女語氣很暴躁：「我哪會看錯，明明見到她拐進這巷子來了，難道她是**蜘蛛俠**？

一下子便飛走了？」

　　紅髮少女嘲笑：「不如你告訴我，她有隱形的超能力，我還會更加相信啊！」

　　—— 隱形的超能力！

　　Cool 猛然被提醒了。她張開半眼瞄一下，只見三人就在她眼前不過幾呎，根本不可能見不到她！

　　綠髮少女氣憤得踢了垃圾桶一腳，發出一下巨響，「見鬼了！」然後，她又捧着那踢垃圾桶的腳在**雪雪呼痛**。

　　藍髮少女看來是 首領 ，她一派輕鬆的語氣說：「算吧，別浪費時間了，那個女生應該住在這附近，我們總會再遇上她的啊！」

　　三人便離開了，等到四周再沒一點聲音，

Cool 才站了起來，她**呆呆地**走出冷巷，走過一個被遺棄的破爛化妝桌前，她看看碎裂成蜘蛛網狀的大鏡子，居然沒有看到自己在鏡子中！

她用力捏一下自己的手臂，傳來一陣痛楚，她明明就是實體啊！再多看一次那面鏡子，反映出的卻只有巷子的牆壁和鐵鏽嚴重的水管，表情很少的 Cool 終於露出了*詭異*的一笑。

——她真的得到想要的隱形超能力了！

第三章
小女孩的笑容

郭雪綠家樓下有一個 大型商場 ，每次路過商場，她總會忍不住走進一間大型玩具店內，這已成了她每天放學回家前的日常習慣。

玩具店裏最吸引她的一款玩具，就是迪士尼的 公主扭蛋 ，郭雪綠並非每個公主也喜愛，獨愛美人魚，但這卻令她經常陷入苦惱中！

只因在那些公主扭蛋內，總共有十六個款式的公主公仔，但全部扭蛋的外表都一樣（俗

稱「盲盒」），所以無人得知自己會買到哪個公主，必須買了才能**拆開蛋殼**，到那時發現不是自己的心頭好，已經太遲囉！

就是這樣，**零用錢** 🪙 不多的郭雪綠，用辛苦儲起來的錢，每星期頂多只能買一個扭蛋。直至一個月後，她已經買到第四個，分別抽到《魔雪奇緣》的愛莎公主、長髮公主、白雪公主，最倒霉的一次，是居然抽到《美人魚》故事內的反派烏蘇拉，讓她**深感無奈**。

這一天，學校旅行完結後，郭雪綠回家前又走進玩具店內，這已是她第五次買公主扭蛋了，她對自己說，這是最後一次了，買不到**美人魚**就要罷手了。

因為明明近在眼前，但無從看透的感覺，

也真的太折磨人了吧！

　　看着貨架上有超過三十個**同一模樣**的扭蛋，她拿起放在最上頭的兩個扭蛋，自然而然又把它們湊近耳邊**晃了晃**，好像期待扭蛋會告訴她哪個公主藏身在內。然後她又不禁失笑起來，這個動作太笨了。

　　郭雪綠只得隨機拿起一個扭蛋，準備走去櫃枱付款，才走了兩步，無意地再看看捧在手心上的深紅色扭蛋，它忽然**閃過一下光芒**，現出了白雪公主的影像。

　　她滿以為只是燈光下的一種幻覺，然而，當她停下腳步，嘗試把扭蛋放在眼前，像**照雞蛋** 般看看它，居然發現用貼紙密封的扭蛋，竟然變成**全透明**，內裏藏着的那個白

雪公主公仔清晰可見！

郭雪綠嚇得把扭蛋即時拋到地上去，滿以為自己遇到**靈異事件**了，可是，她腦裏忽然閃過在許願亭的一幕：她見朋友們都在興奮地許願，於是她也湊熱鬧的說：「我想要透視眼。」

　　她再看看地上那個透出內容的扭蛋……難道她真的得到了透視眼的超能力嗎？

　　雖然**非常可笑**，但到底哪個扭蛋內藏着美人魚公仔？郭雪綠這一個月以來一直為這件事而苦惱，那就是她好想擁有透視眼的原因了。

　　郭雪綠並不知道突如其來的透視眼能夠保持多久，只知絕對**不可錯過大好機會**。她拿着選錯了的白雪公主扭蛋，折返到那一大堆公主扭蛋前，只見每一個蛋殼也變成了透明的，她像尋找**寶藏**般的挖呀挖。有沒有搞錯啊？她見到十幾個白雪公主，連花木蘭也找到四個了，但就是沒有美人魚！

　　終於，在貨架的最底下，她找到了只此一

個的美人魚公仔！

　　郭雪綠高興得幾乎想 **大聲 歡呼**，但這樣做太沒儀態，她只能偷笑。

　　手捧着獨一無二的美人魚扭蛋，滿心高興去付錢時，一個小女孩正好跑向扭蛋的貨架，一個 **白髮斑斑** 的老婆婆，行動緩慢的尾隨着她。

　　那個穿着幼稚園校服的小女孩，看着玩具扭蛋興奮地問：

　　「嫲嫲，我可以買一個公主扭蛋嗎？」

　　那位婆婆的面容很 **慈祥**，笑着說：「當然可以啊，你想要哪個公主啊？」

　　小女孩看看貨架上那個產品一覽的海報，向唯一沒有雙腳的公主一指：「我最喜歡 **美人**

了！」

本來已走了幾步的郭雪綠，聽到兩祖孫的對話，心想這個小女孩注定要失望了。她好像害怕扭蛋會被搶走般，緊握着它走去排隊付帳。然而，當下一個就要輪到她付錢時，她就離隊了。

她找回那兩祖孫，蹲下身子，打開握在掌心的扭蛋，平視着小女孩説：「小朋友，我這個扭蛋內藏着的是美人魚，**跟你交換好嗎？**」

小女孩想也不想就跟她交換了，還高興地説：「姐姐你真好，謝謝你！」

郭雪綠*兩手空空*的離開了玩具店，她偷偷在店外看，不一會兒便見到小女孩走出來了，當她打開了扭蛋，見到內裏的美人魚公仔，便立即得意地向她的嫲嫲展示了戰利品，兩祖孫高高興興，**相視而笑**。

郭雪綠本來有點失落的心情，隨着小女孩滿足又稚氣的**笑容**，終於盡掃一空，她也笑起來了。

趁着學校旅行日後的一天假期，教主又帶着畫簿和畫紙，走到**兒童遊樂園**寫生。

這天陽光燦爛，很多家庭都到遊樂園來玩耍。父母協助孩子攀攀爬架，或推着孩子盪鞦韆，也有小朋友們在互相追逐，是一幅**笑聲處處**的畫面。

教主坐在遊樂園外圍的一張長椅上，在這個角度可環視園內的每一項設施，讓他可準確掌握到物件的比例。當他繪畫之際，一個約六七歲的男孩在兒童遊樂園的外圍玩着**滑板車**，他操縱車子的技術相當不俗，但車速未免太快了點。

男孩的車子，在教主面前不停飛馳而過，見男孩並沒戴上 **安全帽** ，教主原本打算提醒他潛藏着的風險，但他覺得自己大概多慮了，便垂下眼繼續用 HB 鉛筆專心素描着那道螺旋型的滑梯。

當他再抬起眼觀察一下滑梯的弧度時，正好看見一個跟其他小朋友在追逐的女孩，因躲避即將從後追至的朋友，猛地衝出遊樂園的外圍，滑板車剛好駛至，男孩為了 **閃避** 下一秒便撞上的女孩，勉強扭轉了車子的方向，向教主所坐的長椅直衝過來。

教主立即想去營救，但事情來得實在太快了，他來不及拋下平放在雙膝前的畫簿，車子已 **失控翻側**，把男孩整個拋出去！

　　男孩的左邊臉首先摔向地面，皮膚跟石地磨擦，即時皮開肉綻。他倒臥在地上**一動不動**，頭部位置還流着血。

　　教主親眼目睹這一幕，嚇得腦袋一片空白、雙腿發軟，一切都在一瞬間發生。他近在咫尺卻趕不及救人，因而***非常***自責。

　　看着橫倒在地的滑板車，兩個輪子甚至仍在轉動。

他在心裏大聲呼喊：

——這一切請給我倒回去吧，請給這場恐怖的意外一個修補的**機會**！

就在他痛心地**祈求**上天幫忙時，那兩個本來轉動得愈來愈慢、眼看即將要停下的車輪，忽然又加快了轉動，然後，就像按下了遙控器的回轉功能，橫在地上的滑板車被一股**無形的力量**拉起來。

◀◀ 與此同時，那個男孩頭上冒出的鮮血被吸回去，他也被拉扯回半空，然後呈拋物線，吸回滑板車上，車子倒回到路上奔馳！

而那個跟其他小朋友在追逐的女孩，為躲避即將從後追至的朋友，正準備衝出遊樂園的外圍。▮▮

然後，這些恍如倒後的快鏡鏡頭便停止了，時間重返到**意外發生**前的 一刻 。

教主根本沒有思考的空間，他即時拋下畫簿和畫筆，第一時間衝向了因避開女孩而轉了路線的男孩，**眼明手快**地一手抓住了男孩的前臂，另一手則握住了滑板車的手柄，及時煞停了車子的去勢，讓一切停了下來。

教主放開了男孩的手臂，倒抽一口涼氣，問：「你沒事吧？」

男孩看看走遠了的女孩，**驚魂未定**地說：「我沒事……幸好我沒撞倒那個小女孩。」

教主真想告訴他，他差點因此事而丟了小命，但這一切 **太荒謬** 了，他無從解釋。

他只能一臉嚴肅地提醒男孩：「小朋友玩耍總會橫衝直撞，你減慢一點車速吧。」

男孩衷心 **道謝**：「我知道了，謝謝哥哥的幫忙。」

教主看着男孩一張滿頭大汗的紅臉，就想到他之前倒地受傷的臉，教主對準備繼續去玩的男孩笑着說：「對啦，玩滑板車就戴上 **安全帽** 吧，你爸媽也會擔心你受傷的啊！」

男孩聽話地說：「知道了，我也會 **注意安全** 的。」

男孩離開後，教主拾起了地上的紙筆，雪白的畫紙上沾了 **地上的沙泥**，弄污了一大片，不能再用了。但他凝視着面前遊樂園內大小同樂、愉快平和的景象，一切恍如重生，他感到不可思議又疑幻似真，他真的得到了 *操縱* **時間**🕐 的超能力嗎？

但他不想破壞這寧靜的一刻，連忙翻開畫簿裏新的一頁，決定把眼前的美景再繪一遍。

第四章
我們都是超能力同學

一大清早，在 **召月〔月〕小學** 操場旁的小食部前，小五甲班的六個好朋友又聚在一起喝維他奶。

跟平日有點不同的是，各人這天不是在討論功課或什麼娛樂圈的熱門話題，而是談着超能力的**奇事**。

周星星、Cool、郭雪綠和教主分別描述了自己運用超能力的事，各人也聽得嘖嘖稱奇。只剩下小黑和八珍還未分享他們使用超能力的

經驗。

小黑悶悶不樂地說：「真羨慕你們啊！我恐怕是得不到超能力了吧？」

大家回想一下，總愛自嘲是「地獄黑仔王」的小黑，一向覺得自己不停在走霉運，所以他想要的超能力就是：添好運！

一向口不擇言的八珍又忍不住挖苦：「其實，**你**只是**不知道**，你的超能力已經啟動了啊！你怎知道自己不是添了好運，今早才沒有給巴士撞到的呢？」

「嘩！你好黑心啊！」小黑把視線轉向郭雪綠：「雪綠，你快用**透視眼**👁替我看一下，八珍的心是不是黑色的啊！」

郭雪綠苦笑：「我才剛吃了兩份三文治和喝了半枝維他奶，你要我全吐出來嗎？」

眾人都笑了。小黑想了一想，好像記起什麼的說：「只不過，提起巴士，今早有件事也頗**奇怪**啊！」

今天早上，愛賴牀的小黑又是最後一秒鐘才跑出門趕巴士，也一如平日，他走到巴士

站又是遲了一步，目送車尾離開。他等了**十分鐘**，才上到下一班巴士，可是，當車子走到半路，小黑卻見到上一班巴士在路邊拋錨了，車上所有乘客都要下車，站在路邊待救，眾人苦不堪言。

小黑托了托**近視眼鏡框**◯◯，覺悟地說：「我滿以為追不到巴士是**壞運氣**，現在回想起來，給我誤打誤撞上了下一班車，原來是好運氣啊！」

就在這時候，一名女生路過六人所坐的圓桌之際**腳下一滑**，她手上正捧着剛在小食部買來的一碗咖喱魚蛋，一甩手，六顆魚蛋和咖喱汁向小黑所坐的位置潑過去，小黑心知難逃一劫，準備了要「逆來順受」，只能用前臂

格擋着臉。沒想到剛好有一個男生快步路過，正好擋在小黑和咖喱魚蛋中間，男生半邊白色校服即時變了泥黃色，女生連忙道歉。

小黑看看自己**全身上下**，居然沒沾到一滴咖喱汁，實在太不可思議了，這也進一步印證，他真的有了「添好運」的超能力啦！

五個朋友呆看着這一幕，大家也不得不相信小黑在走好運啦。八珍吞了**一大口唾液**，佩服地説：「好了，我決定收回你給巴士撞到的那段話，因為，你給巴士撞到了也沒事！」

小黑再看看忙着**善後**的男女生，覺得兩人怪可憐的，請求教主：「那個女生丟了做早餐

的魚蛋真可憐，那個『捨身成仁』的男生也充滿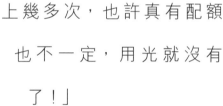，教主你不是有操縱時空的能力嗎？你可以幫他們一把嗎？」

教主思考了幾秒，卻搖頭拒絕了：「我希望留着這個能力，做一些**更有** 意義 **的** 事。因為，無人知道它會在何時消失，又或尚可用上幾多次，也許真有配額也不一定，用光就沒有了！」

教主的話，大家一聽就明。畢竟，若是只有一個 機會 ，你會救一個失血瀕死的男生，還是去幫一個失去一頓

早餐的女生？答案顯而易見。

各人有了超能力之後，顯得**得意忘形**，但作為班上第一模範生、處事成熟的教主倒是提醒大家，超能力不宜胡亂運用，必須用得其所呢！

有讀心術的周星星，把頭依偎在小黑肩膊，滑頭地說：「小黑，你現在紅得發紫，我要多靠近你，希望可以沾染多一點點好運啊！」

「搞什麼啊？我何時變了**招財貓s**啊！喵！」小黑的神情很無奈，機械式地前後搖動着右手的手腕，扮作一頭招財貓。

眾人都給這兩個搗蛋活寶引得**大笑**起來。

小黑轉向唯一沒有公開自己的超能力的八

珍，好奇地問：「八珍，只差你一個了！你快告訴我們，你到底想得到什麼超能力？有成功使用過嗎？」

對啊，誰也不知道八珍許了什麼願。她當時合十了雙手，嘴巴喃喃的，但無人聽見她說了什麼。

面對眾朋友詢問的神情，一向暢所欲言的八珍，卻露出了難得一見的**尷尬**神情，遲疑地說：「那可不是什麼重要的事啊⋯⋯」

小黑見八珍吞吞吐吐的，他**聰明地**轉向周星星問：「猩猩，快讀一下八珍的心，看看她在隱藏着什麼。」

八珍雙眼圓睜，惡瞪着周星星，這令她胖胖的面孔變得更圓了，看起來就像憤怒的多啦

A夢（請自行想像）。她 **兇巴巴** 地説：「你敢就試試看！」

　　周星星縮了一下頭頸。八珍是一個不像女生的女生。而事實上，在小學內，八珍一點也不像四年級生，倒像六年級的大姐姐，誰也 **不敢招惹** 她的啦。

　　　　　　　郭雪綠微笑着説：「八珍，大家都 **願望成真** 了，當然也希望你也順利啊！」

八珍也好像知道自己**反應過大**，她扭捏的説：「我的超能力實在太遜了，説出來大家一定會取笑我啦！」

五個朋友異口同聲地答應：「保證不會取笑你！」但周星星已經開始笑了。

八珍陷入了**回憶**，説道：「我最想要的超能力啊……其實，我從小到大都希望這件事會發生……」

從小到大，八珍都覺得自己是**怪胎**。

什麼叫怪胎？就是在一百個人或一千個人之中，有一個與眾不同的，就變成了怪胎。

而八珍**怪異之處**就是：她是個肥妹。是的，父母倆皆是肥胖的人，八珍一出世已是重達十二磅的巨嬰，比起正常的初生嬰**足足重**了 一倍 ，這大概便可推斷到她與別不同的人生了。

由於出生在一個肥胖家庭，爸媽每一天也會給八珍豐足的食物，從沒有節食或減肥那種事，所以，八珍由一個小人球，慢慢變了大人球。

但也由於愈長愈胖，八珍愈來愈不想動了。她最怕的就是上**體育堂** ，老師要

大家繞着操場跑十個圈子，她會累得快要暈倒了。

　　乘坐公共交通工具也很辛苦啊。八珍居住的地方在巴士或地鐵的中途站，想要找個座位幾乎是不可能的！她站上十五、二十分鐘，已**疲累**到握着扶手也站不穩、雙腳痛得想蹲下來呢。

　　所以，在課餘時間，除非她最好的五個朋友約她外出遊玩，否則她寧願**留**在家中，把冷氣開得老大，看電視追劇、打機或看看書，樂得自在。

　　讓八珍覺得煩惱的是，在追看卡通或小說時，每次看到**引人入勝**的情節或緊張之處，熱愛零食的她就想去拿深愛的薯片和汽水，每次都要在廚房和客廳不停來回，讓她不厭其煩。

　　所以，她自小便幻想，雙眼一秒鐘也不用離開電視熒幕，也可以把想要的零食**手到拿來**，這是她最開心不過的事情了！

　　所以，當她跟朋友們莫名其妙走到超能力許願亭，各人興致勃勃地祈求得到透視眼、隱形、

讀心術等，她想要的卻是：「我想**一伸手**便拿到薯片！」但當她唸唸有詞地許願時，忽然又覺得有點不妥，要是她想拿的是朱古力手指或檸檬茶呢？所以，她即時改口，默唸着説：「我想要**隔空移物**，隨時拿到我想拿的東西！」

當然，她也只是跟朋友鬧着玩，沒把此事放在心上。

昨天，趁着旅行日後的一天假期，八珍留在客廳沙發追看着一套**魔法電影**，看到半途，她想吃薯片的心癮又起，但電影情節引人入勝，令她根本停不下來！她心想：救命啊！我真想吃薯片啊！就在這時候，她忽然覺得左臂給什麼用力一撞，讓她**一陣疼痛**，然後

一個什麼東西跌到她身邊來。

八珍側着頭一看，只見屁股旁有一筒**薯片**，她整個人呆住了，薯片明明放在廚房裏，跟客廳有幾十呎距離，它是哪來的啊？

——這個家是不是**鬧鬼**了？

她定了定神，拿起那筒薯片，苦笑地喃喃道：「我管得你是什麼鬼，我媽才吃番茄味啦，我只愛**芝士味**！」

忽然之間，八珍聽到廚房傳來一陣像翻揭物件似的騷動，盤腿坐着的她，從客廳呆望向廚房那邊，只見放在廚櫃上的芝士味薯片掉了下來，然後恍如給什麼在半空承托着一樣，呈L字型地向八珍**直飛過來**。

這一次，八珍眼明手快的伸手接過了。滿

腦子空白的她，突然閃過一個想法，這可不是
她想要的超能力嗎？

願、望、成、真！

大家聽着八珍的話，全都張大嘴巴傻掉
了，然後，眾人好像有什麼心靈感應，
同一時間又開口了，七嘴八舌地驚呼：

「八珍，你最想得到的
超能力，就是隔空拿
薯片？」

八珍胖胖的臉上
一紅，「懶惰一下
也不可以嗎？」

眾人**你眼望** 👁 👁 **我眼**，額角都好像現出三條汗線，頭頂更有一頭烏鴉飛過。雖然，有超能力也不一定要拿來拯救世界，但主要是用來拿薯片⋯⋯唔，這個想法也太**異想天開** 💭 了。

見大家發呆太久，郭雪綠主動替八珍開脫：「懶惰也可以是最大的動力啊。人類就是懶得走去電視機前按按鍵，才會發明電視遙控器吧！」

周星星又興奮起來，「這個我明白，因為我媽媽就是這種人，她寧願去美容院做一小時推脂療程，也不肯去做一分鐘運動，這才會令美容院從業員有**工作機會**！」

大家又笑起來，小黑得意忘形的高舉了雙手，大獲全勝似的大喊：「太好了，我們都有了

超能力！」

　　食物部內其他正熱烈地談天的學生，忽然一同靜了下來，**充滿好奇**地向他們這邊看過來，想探究一下同校的學生到底得了什麼超能力。

　　見形勢不妙，反應特別快的周星星，連忙伸出雙臂，裝出發**蜘蛛絲**的手勢，更模仿發射蛛絲時「滋滋」、「滋滋」的聲音，左上角發

射一下，右下角又發射一下，像個自得其樂的**傻瓜**。

學生們見識了這位同學驚人的「超能力」，也就無趣地轉過頭繼續交談了。大家這才吁一口氣，教主輕聲說：「小黑，你的聲音太大了。」

小黑**伸一下舌頭**，看看面前喝光了的枝裝維他奶，無奈地壓低聲音說：「太可惜了，我還以為可以叫八珍施展隔空移物的超能力，替我們回樽。」

「我才沒有你那麼懶！去小食部回樽只要走十五秒鐘。」八珍也忍不住提醒小黑，「小黑，我們有超能力的事，你可別向任何人張揚啊！」

小黑有點 **心**有不甘：「我們不是比其他人都要厲害了嗎？為什麼不能說？」

八珍不知不覺便吐出了心聲：「因為，被所有人歸類為『怪胎』，是很辛苦的事啊！」

小黑不明白這個詞：「什麼是『怪胎』？」

「怪胎，比喻為言行舉止 **不同尋常** 的人。」八珍一早在 Google 搜索過這個詞語的意思，她告訴小黑：「在一百個人或一千個人之中，有一個與別不同的，就會被視之為 **怪胎**。」

小黑搞不清狀況：「變成怪胎，又會怎樣呢？」

這次，是一直沒說話的 Cool 開口了，她的聲音很 **冰冷**：「一個別人難以理解的怪胎，

就會被那一百個人或一千個人鎖起來，解剖開來做實驗。」

大家點頭認同，小黑見各人神色凝重，才知道事勢有多**嚴重**，他吞了一大口唾液說：「我們還是要小心一點，大家知道嗎？」

各人沒好氣，異口同聲地反問小黑：「我們一早已知道，只怕是**你不知道**啊**！**」

第五章
適當運用超能力

自從六人有了超能力，沉悶的校園生活變得**有趣得多**了。

即將舉行中文科半年期考，周星星舉手不停追問中文老師：「老師，明天考試佔二十五分的長題目，可不可以 *透露* 一點啊？」

「不能透露啊！」

我當然不會告訴你，我出了一題「我最喜歡的課堂」啊！

周星星又問：「那麼，會不會出熱門的題目『金紫荊和金蓮花的由來』啊？」

「周同學，你還是**努力溫習**吧，我不會向任何同學透露試卷題目的啊！」

嘻，他猜錯了，我出了一條非常冷門的長題目：「熄燈一小時的意義」啊！

　　周星星在心裏歡呼了一聲，用讀心術將這個試卷 **佔最多 分數** 的兩條長題目破解了，班上有六個同學，在這次考試中考取了最高分。

- - -

　　一次星期五的周會上，馬校長又開始了他漫長的演說。雖然，他只是 **再次提醒** 全校學生要注意放學後謹言慎行，別丟了學校的面子，但他習慣了「短話長説」，用着慢條斯理、像催眠般的聲線，彷彿要由盤古初開説起。

　　全校學生 **叫苦連天**。周會設在周五最後的兩節課，要是有嘉賓講座還好，多數會準時放學。但若是遇上校長訓話，例必會 *超時*

很久🕐，就算響了放學的鐘聲也沒用，必須等到校長發言完畢，周會才可完結。

這一次，**午餐**吃得不夠飽的八珍，看着喋喋不休、還有一大疊紙要讀的校長，真的餓到快要昏掉了，她只好運用了隔空移物的超能力，把校長放在講台上的幾張紙吹起，吹往最接近講台的一扇窗。

大家只見刮起了一陣怪風，將校長的一疊講稿吹得滿天飛散，有幾張更**不偏不倚**的飛出了窗外。馬校長一臉狼狽，只好快快説了結論，草草完場。

上了一整天課，坐在禮堂下的學生（和部分意志力比較弱的老師），已累到半昏迷，突然獲知可提早放學，不禁對校長報以**最熱烈**

的**掌聲**。

　　肚子空虛到不斷「擊鼓鳴冤」的八珍，開心到兩眼泛起淚水。她第一時間便跑到學校附近的快餐店吃了個下午茶餐，然後又另點了一客雞腿餐，吃得肚滿腸肥的她感到**心滿意足**。她很慶幸自己沒有成為第一個在召月小學餓死的學生哩。

　　這天，小黑見小食部的店主花姐愁眉苦臉，便問她發生什麼事。原來她養在小食部裏的**老龜**「大白兔」這幾天也病懨懨的，食欲不振。小黑便「自告奮勇」地摸着「大白兔」的頭，為牠加持添了**福運**，祝願牠快快地病好。

　　第二天，花姐開心地告訴小黑，「大白兔」已病好了，吃了很多雞肉和豬肉，精神十分飽滿！要是現在來一場龜兔賽跑，牠也不一定會輸哩！

　　小息時段，教主在四樓課室外的走廊，看着操場上的男生在打籃球。

　　許多男女生在走廊上叫囂着，你追我逐。雖然他是小四甲班的男班長，但見他們可不是同班同學，也不好**出言**干涉。他只能把身子盡量靠向欄杆，免得被橫衝直撞的學生碰到了。

　　然後，他瞧見一位老師走過長廊，一手捧着一疊**厚厚的**作業簿，另一手拿着幾個長長的圓形畫筒，看來是為學生準備教材。教主見老師手忙腳亂，心裏有一刻想過要幫她一把，但他並不認識這位老師，突然提出幫忙，似乎又太奇怪，所以便*打消了***念頭**。

　　卻沒想到，當老師走到走廊盡頭，正要拐

去轉角的樓梯，卻跟轉角一個奔跑中的男學生相撞了，老師像被炮彈擊中一樣，整個人向後飛彈到欄杆上，手拿着的東西撒滿一地。

教主見倒在地上的老師雙眼緊閉着，臉上流露非常痛楚的神情。那個誤傷別人的高大男生則是不知所措地站着，一臉歉疚，不知如何面對眼前的局面。

教主心裏「唉」了一聲，不得不制止這齣悲劇的發生。

當老師正要路過他身後，教主轉個身子，問：「老師，我可以替你拿一些嗎？」

老師停下了  腳步，向教主道謝一聲，把幾個畫筒交到他手上。

這時候，那個高大的男生拐過走廊轉角，像一陣**疾風**般擦過教主和老師身邊。教主用力瞪了男生一眼，心想這男生該慶幸不知自己曾闖下大禍。

老師領着教主走到了上一層的小五甲班課室，將教材擺放在教桌上，老師再一次道謝：「對了，你叫什麼**名字**？」

我叫盧孝主，四甲班的學生。

老師一下聽不清楚：「盧教主？」

「盧孝主，孝順的孝，主角的主。」說着說着，教主自己也**失笑起來**，「我的花名也真多，同學前兩年叫我『孝子』，現在都愛喊我『教主』，我好像成了 升級版 的自己了。」

老師笑咪咪地說：「盧孝主同學你好，我是小五甲班的班主任孫老師……如無意外，我明年將會是你的班主任吧？你是個盡責又樂於助人的學生，我應該也會選你做**班長。**」

教主許下承諾般說：「孫老師，我們在未來的五甲班見！」

———— ✦ ————

這一天，郭雪綠到學校圖書館看書，卻見

校工姐姐在圖書館的各個書架前搜索着什麼似的，一副**氣急敗壞**的樣子，她不禁走過去問校工姐姐。

校工姐姐憂愁地告訴郭雪綠，原來她在學校內養的一隻**黑色**小貓咪，昨天開始失蹤了，她找了一整天也遍尋不獲，只怕小貓咪已遭遇什麼不測了。

於是，郭雪綠也加入了尋貓的行列。

她使用了透視眼，由六樓的圖書館一直四處尋找下來，終於，找到了地面層的廢物收集箱，那裏堆着很多**廢棄的紙皮箱**。她用能看穿紙箱的一雙眼，好不容易才找到小貓咪。原來，牠鑽進了原本用來包裝紙包飲品的大紙箱裏去了，誰知能進不能出，不斷**張大**

嘴巴在求救，但由於牠的叫聲太微弱，根本沒人聽到。

郭雪綠慶幸自己利用透視眼，及時發現了小貓咪，否則，回收紙箱的工人一不小心，真有可能把牠運走了也不自知！

看見校工姐姐緊緊抱着小貓咪，激動得雙眼通紅，露出 **失而復得** 的開心表情，郭雪綠覺得自己做了一件自傲的好事。

午息時分，Cool 在課室桌頭寫着下一節課要交的 周記 ，忽然聽到一把男聲在身後朗讀：「我上個星期都在失眠，試過用任何辦法——」

Cool 聽到那是自己寫的內容，慌忙蓋上了周記簿。只見暴暴龍就站在她身後不遠，**偷看** 她在寫什麼，並肆無忌憚地大聲朗讀，加以嘲笑。

Cool **又羞又怒**的看着暴暴龍，他倒是大言不慚地說：「你在生氣什麼啊？這不是你寫的內容嗎？失眠可打給我啊！」

暴暴龍路過另一個女生時，又拿起她放在桌上的卡通筆盒，呵呵地笑：「嘩！你不是喜歡這個卡通人物吧？卡通一早播完了，你換

一個新筆盒好不好啊？對了，要不要我送你一個？」

要是，每一班總有一個令人**討厭**的同學，小四甲班裏這個同學無疑就是暴暴龍了吧！最可惡的是，他從不會開罪其他男生，總以欺負女生為榮，讓所有女生也對他「**敬**而遠之」，但大家卻也不敢張聲，以免被他加倍地針對。

這一天，暴暴龍在學校的室內體育館裏獨自在射籃，當他在三分區外射入了一球「穿針」，籃球卻沒有在地上正常地反彈，而是一掉到地上即時 **靜止下來**，恍如被人用腳一下踏住了。

暴暴龍以為是自己眼花，他正要走去籃球架前撿回球，沒想到那顆籃球卻*朝***自己***的方向*

移動了，在地上慢慢地滾向他，到他腳邊才停下。

暴暴龍整個人僵硬了，但他是個天不怕地不怕的**小惡霸**，不肯屈服的拿起了球，自我壯膽地說：「暴暴，你不要自己嚇自己！只是風太大了吧！」

而事實上，這是空無一人的室內體育館，大門關上了，場內也只有幾部冷氣開著，風力又怎有可能把**沉甸甸**的籃球吹動！

當他硬着頭皮，正要舉起手臂投籃，忽然聽到耳後傳來一陣**陰森**的**女聲**說：

「我們都在看着你，你真的不怕嗎？」

暴暴龍嚇得整個人跳起來，他彈開了幾呎，轉頭一看，偌大又空曠的體育館內，哪裏

可以匿藏着一個人？

那把鬼魅的女聲好像從 **四面** **八方** 傳過來，聲音忽遠忽近的：

「你再試試欺負女生，我們會把你當作籃球般，拋到半空『穿針』啊！記住了，我們一直在 **盯、着、你！**」

暴暴龍就算大膽，這一刻也嚇到面無人色，他一邊大叫「**有鬼啊！**」，一邊抖着麻痺了的一雙腿，半跑半爬的衝出了體育館。

隱形完畢的 Cool，這才伸了個懶腰，大大鬆了口氣地說：「我們班上的女生應該有安樂的日子過了吧？」

原來，**替**天行道的感覺 真的太痛快了。

第六章
快樂的翻譯人員

大清早，在食物部前，六個好朋友分別說出這陣子在學校內運用超能力幫忙別人或剪惡除奸的事，各人說得**眉飛色舞**。

周星星聽到 Cool 戲弄了暴暴龍的事，興奮地說：「難怪，暴暴龍這陣子總是**瑟縮**坐在課室最灰暗的那個角落，雙眼失神，口中喃喃地道：『這家學校有鬼！』他由狂野的暴暴龍，變成了沉睡的暴暴龍 BB，我差點都要檢查要不要替他換尿片了！」

周星星的形容太**抵死**，眾人想到暴暴龍的慘況，哄堂大笑。

小黑則讚賞教主：「教主，幸好你救了老師，否則，她的骨頭都要給那個男生**撞散**了吧！」

教主點一下頭稱是，但他又想到什麼似的搖了搖頭，失望地說：「可是，我也發現了超能力可不是萬能的。」

兩天前，教主在家裏看**新聞**，記者正做着一個現場直播的報道，透過電視熒幕，他見到深水埗一幢唐樓被火舌吞噬，有居民被困在屋內，一家大小在冒着黑煙的窗戶前揮動着毛巾求援。教主**二話不說**便集中精神，用盡了一切操縱時空的意念，希望把這場火災扳

回去，可是，無論他如何努力，什麼也沒改變。

「幸好，在 *最危急的關頭* ，消防員將那一家人救上雲梯，及時救回所有人。」教主一臉落寞的説：「可是，我卻幫不上忙啊，會不會因為我 **不在現場** 呢？抑或，我只能扭轉一些倒瀉豉油、防止小童滑倒的小事呢⋯⋯我明白超能力也有限制，但那個 *界線* 在哪裏？我一直想弄明白過來。」

各人一陣沉默，教主提出的問題，也是大家心裏的疑問吧。

口直心快的八珍率先開口：「我先說說自己的吧，我有　統計　過，我的隔空移物真有使用的配額，每天頂多能運用上三至五次，每次大約只可維持一至兩分鐘，之後便會失靈了，又要親自跑去拿薯片啦！」

周星星笑嘻嘻的說：「八珍啊，其實你的超能力是不是也受不了你，想幫你　減肥　啊？」

八珍鼓着腮，那副憤怒的多啦Ａ夢的樣貌又浮出來了，她怪裏怪氣地說：「猩猩，你不是有讀心術嗎？快來讀讀我　心裏的聲音　呀，聽聽我對你有什麼『肺腑之言』啊！」

「不敢不敢！」周星星怕死了，這個女生

既不斯文又**粗魯**，他真怕她會在心裏唸他「考試倒數第一」、「身體健康但經常患感冒」等……想想便不寒而慄。

得知八珍的超能力額度，各人回想一下，竟發現自己也有差不多的情形，便決定要做做功課，觀察後做個 **統計表**，給大家好好作參考。

超能力統計表		
	使用次數	維持時間
八珍	每天三至五次	一至兩分鐘

上堂鐘響起了，六人慢慢步回課室，步上樓梯時，落在最後面的郭雪綠，拍拍周星星的後肩，小聲地問：「你**放學後**有空嗎？」

放學後，周星星隨着郭雪綠去了一所公立醫院。

走向病房的路上，郭雪綠用沉重的語氣，對周星星説：「半年前，我的嫲嫲第三次中風，她**全身癱瘓**，也不能説話了，只剩下一雙眼可以眨動。所以……請你告訴我，每天只能躺在病牀上的嫲嫲，心裏在想什麼吧。」

看着面前一道白茫茫的長廊，縱使是一向搞笑又愛搞怪的周星星，在這一刻也**笑**不出來，

他一本正經的點頭答應:「沒問題,希望我幫得上忙。」

他們走進一個兩邊各有三張病牀、共六個病人居住的**病房**內,這六個病人都是長者,都是動也不動地躺在牀上。有人緊閉雙眼,有人則乾睜着眼,無神地瞪着天花板,四周**寂靜得可怕**。

郭雪綠領着周星星走到接近**窗邊**的一張病牀前,牀上是一個滿臉皺紋的老婆婆。郭雪綠走到牀頭,握起了老婆婆的手說:「嫲嫲,我來看你了。」

周星星一直站在牀尾。老實說,這是他人生首趟走進醫院的病房,首次面對這個令人窒息的氛圍,他心裏**非常不安**,不知如何是

好。要是有可能，他真想掉頭而去。但為了幫助好友，只好硬起頭皮面對。

郭雪綠轉向周星星：「嬤嬤，這是我的好朋友，他有一種**奇怪**的能力，可以讀到別人心裏的說話，你可以把想說的話告訴他。」

嬤嬤彷彿不明白郭雪綠的話，只能把視線轉到周星星臉上。

周星星看着嬤嬤，抖擻起**精神**，討好地微笑着說：「嬤嬤你好，我叫周星星，你也可叫我猩猩。你有什麼話，都可以告訴我的啊，我會把你的話 轉告 給雪綠。」

猩猩小朋友，你真的聽到我說的話嗎？

他回答：「對啊，我聽到你說的話，聽得到你叫我猩猩小朋友。」

嫲嫲的眼神立刻*發亮*，她內心焦急地說：

你可不可以替我告訴我孫女，我很好，她不必整天擔憂我。

周星星對郭雪綠轉述了嫲嫲的話，她即時兩眼一紅，**傷心地** 說：「嫲嫲，很對不起，我們沒有好好照料你，才會令你變成這樣。」

不，跟你們完全無關啊！沒有人想生病，但疾病要找上門來，無論哪個年紀，也只好堅強面對了。

「嫲嫲，你每天就這樣躺着，會很辛苦嗎？」

不用太擔心我啊，真的啊！我在這裏很安全，醫生和護士們也待我很好，經常跟我

說話，甚至偷偷跟我講心事呢！他們也經常替我拉動手腳做做運動，我還是會保持活力。我知道你們害怕我苦悶，但幸好我已活了六十多年才生病，想看的風景都看過了，現在靜靜躺着休息一下也很不錯。

「嫲嫲，你有什麼需要嗎？」

我沒有什麼需要啦……不，其實我需要換一個較厚的枕頭，看電視字幕會看得比較清楚……猩猩小朋友，請你對我孫女這樣說吧！既然她希望為我做一些事，我也該滿足她的好意啊。

周星星轉身看看懸垂在天花板下的**電視機**，他明白過來，對郭雪綠笑着說：「嫲

嫲説，當務之急，是為她換一個比較厚一點的枕頭，她想追劇時看清楚 **字幕** 啊！」

郭雪綠破涕為笑，答應着說：「好的，嫲嫲，我馬上去辦。」

就這樣，在周星星的幫助下，雪綠和嫲嫲展開了一次 **閒話家常** 的對話。

走出醫院時，郭雪綠已由傷感擔憂變成了愉快心安。周星星主動地説：「下次要探望嫲嫲，你即管找我來，我要繼續替你做⋯⋯ **翻譯**。」

「我不知怎樣感謝你才好。」

「請我吃薯條啊！」

「咦？」

「我想吃加大裝的薯條。」周星星嘻嘻的

說：「當然，吃了薯條會**口渴**，最好加一杯汽水啦！」

郭雪綠笑了，「我們乾脆去吃個豐富的二人套餐吧！」

其實，周星星發現有讀心術還能夠做**好事**，他心頭的滿足，已勝過一切物質的獎勵了。

第七章

被人發現了嗎？

上視覺藝術科時，陳老師要求全班三十名同學，六人分成一組，下星期遞交一個**活火山**模型，作為上學期大考的功課。

教主等六個好朋友正好成團，相約在一個周末下午去製作模型。

雖然，大家也想過約在一家**快餐店**裏，但製作模型的過程太繁複了，起碼要弄老半天，去其中一人的家裏工作會比較好，商量後決定去 Cool 的家。因 Cool 的父母都在酒

樓工作，周末仍要**早出**☀**晚歸**🌙的上班，可騰出家中的空間。

六人走到 Cool 的家附近，領頭的 Cool 忽然停下了腳步，走在後頭的五人見她的神色**陰沉**下來，連忙問她發生什麼事。

Cool 指着距離小徑不遠的地方，對他們說：「我上次碰到的，就是她們三人。」

五人看去，在一個象棋石桌前，染了一頭紅、藍、綠色頭髮的三個少女，又想喊住一個剛好路過的小女孩，故意要找她**麻煩**。

八珍馬上便光火：「我相信她們不敢找大人麻煩吧！只欺負比起自己弱小的女童，她們真是**壞人**！」

捧着五大塊發泡膠板的小黑，只想快快做

完這份家課，希望在剩餘時間可以去遊玩，莫負一個美好的周末啊。他説：「算了吧，這種事每天也在發生，哪管得那麼多啊？我們還是快開工吧！」

郭雪綠眼見女童被欺凌，不齒地説：「對啊，這種事每天也在發生，管不了那麼多。但真的給我們遇上了，就不可能坐視不理！」

這時候，被嚇壞了的女童，神色恐懼、臉色白得像一張紙，在六人身邊跑過，急步地離開，恐怕留下了童年陰影吧。這個女童淒慘的樣子深深打動了小黑，他也忍不住改口：「是的，我們不能坐視不理，否則空懷一身超能力又有何用？」

六人商量一下，決定先派八珍和周星星出

場。兩人走向那三個少女，她們正坐在兒童遊樂場的鞦韆上，手執着罐裝汽水**大聲喧鬧**，有小朋友想走過去玩，但家長們連忙制止，拉着孩子走得遠遠的，誰也 **忌諱** 她們七分。

八珍和周星星直走到三人面前，八珍劈頭就説：「你們一直在欺負弱小，難道一點**羞恥**也沒有嗎？」

站在八珍身旁的周星星，則暗暗在偷聽三人心裏的想法。

這個胖女孩是什麼人？她有膽子走到我們面前，是不是抓着我們的罪證了？

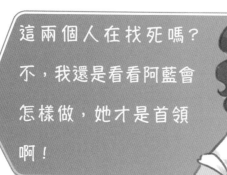

這兩個人在找死嗎？不，我還是看看阿藍會怎樣做，她才是首領啊！

紅髮少女開口了，氣定神閒的說：「你們恐怕誤會了，**我們是好人**啊，只是借錢來應急罷了，歡迎各位債主來討債啊。」

綠髮少女裝出一副**可憐相**，嘴巴卻挖苦地說：「對啊，但他們誰也不來找我們，也許是錢太多了吧？我們還錢不遂，心裏也非常焦急的啊！」

八珍瞪着她們說：「你們說真的嗎？我現

在就去召集各個 **受害人**，你們最好説到做到！」

這個胖女孩真麻煩！我們該好好揍她一頓吧？但不知她身邊那個五短身材、理平頭裝、像一頭猴子的男生是不是她的援手？還有，他是個啞巴嗎？

周星星向綠髮少女説：「我不是 **啞巴**，我只是深藏不露。」

綠髮少女震驚地盯着周星星，不明白他為何會解答了她 **心裏的問題**。

這時候，作為首領的藍髮女好像有點不耐煩了，她坐在鞦韆上一手握着汽水，一手玩着

手機，頭也不抬，警告着説：「小妹妹，別説姐姐不給你上一課，多管閒事可要**付出代價**，有時代價也頗為沉重的啊！」

這就是阿藍的提示嗎？不管了，先給兩人一點教訓，正好給我樂一下！

　　周星星仍未弄清這句話的用意，綠髮少女已把手上的**汽水罐**向他猛地拋了過來，由於太突然，他連閃躲的反應也沒了，鐵罐一下敲中他鼻樑，讓他痛得用雙手掩臉，蹲在地上**痛苦呻吟**。

綠髮少女幸災樂禍，興奮地說：「噢！真沒想到，我拋鐵罐的技術那麼好呢！」

八珍身上也濺滿了噴出來的汽水，見到周星星的慘況，她生氣得衝去綠髮少女面前理論……

六人商量一下，決定先派八珍和周星星出場，正當兩人踏步走向那三個少女，教主在後面喊停了兩人。

周星星問：「什麼事？信不過我嗎？周星馳的經典電影《功夫》，我重看了超過四十次，**以一敵三**絕對不成問題！」

然後，他施展了幾下手刀，簡直**帥出宇宙**！

教主只好苦笑告訴他們「剛才」的慘烈戰況。周星星摸摸尚算挺直又不痛的鼻頭，尷尷尬尬地說：「幸好你把我們吸回來了，我以後就是靠這一張 **明星臉** 吃飯了，可不能有任何損傷的啊！」

郭雪綠憂愁地問：「難道，真的沒有人可以懲戒到她們嗎？」

八珍遠看着**作威作福**、令所有小朋友也無法安樂遊玩的三個少女，她絕不罷休的說：「不，我們已給她們一個改過的機會了。既然勸告不成，**只好來硬的！**」

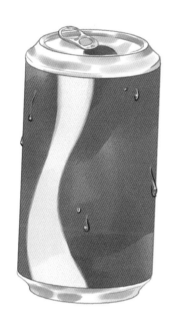

當三個少女坐在鞦韆上閒談着追星的經歷，紅髮少女忽然向後一跌，整個人翻下了鞦韆，一屁股**摔到地上**了，連拿着的汽水也甩手了，汽水流個滿地。

阿藍怔住了。綠髮少女則看着跌坐在地上的紅髮女，指着她大聲恥笑：「小紅，你昨晚追看韓劇追得太晚，導致不夠精神，**平衡力**失衡了嗎？哈哈，我沒有及時把它錄影下

來，實在太可惜了！」

紅髮少女**一臉惘然**：「不，有人把我拉下了鞦韆。」

綠髮少女笑嘻嘻：「有那麼**恐怖**嗎？你說得好像——」話未說完，她彷彿給人在背後一推，身子猛地**俯前一傾**，讓她雙膝着地。她轉過身子，往自己剛才坐的鞦韆一看，雙眼充滿了恐懼。

坐在鞦韆上的阿藍，縱使外表看上去鎮定，也不安地站起身來，對跌坐在地的兩人笑罵：「發生什麼事了？你們聯手在整我吧？**別開這種玩笑了！**」

就在這時候，在三人旁邊的第四個無人在玩的鞦韆，發出了一陣輕微的聲音。三人看

去，只見鞦韆座位兩邊的鐵鏈條開始晃動，然後，座位像鐘擺一樣的 *前後"擺動"*，恍如有一個人正坐着盪鞦韆一樣。

四周無風，就算有風也不可能吹得動沉重的鞦韆吧。三人簡直 **看呆了**，紅髮少女和綠髮少女更嚇到連站也站不起來，這時，掉在地上的兩個汽水罐忽然飛起，分別拋到兩人身上，被汽水潑了一身的兩人 清醒 一下，好像被火炙到一樣，即時彈起身來。

三人同時聽見一把兇狠可怕的女聲叫：「滾！別再給我見到你們！**快滾！**」

臉色變青的阿藍，一手一個，攙扶着四條腿狠狠發軟的紅髮和綠髮少女，跌跌撞撞的離開，大概 **永遠也 不敢 回來了。**

就這樣，隱形的 Cool 和隔空移物的八珍，聯手給這三個惡人一個小小的教訓。

這個周末下午，六個好朋友 開 開 心 心 做着活火山模型，雖然用美工刀裁發泡膠塑出火山外形、塗上一層凹凸的黏土、為黏土上色等程序相當麻煩，製作時間也比想像中要漫長，但大家也自覺做了一件 **正義的好事**，這天比起任何一天也過得愉快。

對了，偷偷告訴大家一件哭笑不得的事吧！

那天 Cool 隱身後盪鞦韆的片段，不知被那個街坊拍下來放到網上，那個地區有一座靈異鞦韆，從此便變成了口耳流傳的香港都市傳說

了,我們六人一直對此事三緘其口,但偶然想起也會忍俊不禁。

這是我們在小學時代最津津樂道的回憶之一。

周一上課日,六人在小息時段,把本來製作得很**逼真**的火山再粉飾一次,檢查了放置在火山內層的水杯,確定了裏面有足夠的**小蘇打粉**。而精於繪畫的教主,把火山頭的熔岩再補上一層火山灰的顏色,讓整個模型美極了。

其他組別的同學,看到了周星星這一組的

作品，也只能一陣 **納悶** 而已。

小息過後，六人把模型小心翼翼地捧去視覺藝術科的課室。四組人都交功課後，輪到周星星的一組，郭雪綠把混了紅色顏料的醋倒入火山口內的杯子中，小蘇打粉和 **醋** 馬上起了作用，紅色的泡泡不斷冒出，製造出 **火山爆發** 的景象，維肖維妙。

用雙手捧着模型給老師的周星星，心想這一科應該拿 **A** 了吧！但他走了幾步忽然停下了腳步，對教桌前的老師說：「老師，模型有點問題，我們要先修補一下，稍等 **五分鐘** 啊。」

　　然後，周星星用校褸擋住模型，遮遮掩掩的快步走向坐在視覺藝術室最後面的五人。

　　八珍 **奇怪** 地問：「模型有什麼問題？黏土爛掉了嗎？」

　　周星星一張臉 **顯得慌張**，平日的調皮盡失：「模型沒問題，是我們有問題了。」

　　然後，他把模型放到桌子上，只見在火山中間的灰色山腰上，被人用 **水彩筆** 寫上了幾個藍色的字：

「六位有超能力的同學，你們好！」

六人真正給嚇壞了。

教主一抹藍字，指頭上留有一絲**墨迹**，他心一沉：「我們幾個人的眼睛從沒離開過模型，但一轉眼間，它已寫上了這幾個字，字更是剛寫上的。」

Cool 居然冷笑一下：「**這次慘了。**」

小黑托了托眼鏡框，笨笨的問：「你們之間的交談能不能別那麼深奧？我們只是小四學生，可以**講重點**嗎？」

觀察入微的郭雪綠，咬咬下唇說：「簡單來說，有人知道了**我們**有**超能力**。」

「噢！不好了！」周星星喊。

「這還不是最大問題。」郭雪綠環視着前面每一個同學的背影，壓低聲音說：「更重要的是，在這所小學有超能力的學生，**不止我們六人！**」

不好了
不好了！

周星星捧着兩頰慘叫了起來。

是的，事情就是這樣了，我們六個得到了超能力的好朋友，即將面對一連串不可預測的威脅和危險。

真正的故事，由這一刻正式開始了……

八珍

超能力
隔空移物🖐

使用方法：用意念移動想要的物件

使用次數：每日 3-5 次

維持時間：1-2 分鐘

其他限制：末知？？？

作　　　者：梁望峯

責 任 編 輯：周詩韵

協　　　力：葉舒珮

繪圖及設計：雅仁

出　　　版：明窗出版社

發　　　行：明報出版社有限公司

　　　　　　香港柴灣嘉業街 18 號

　　　　　　明報工業中心 A 座 15 樓

電　　　話：2595 3215

傳　　　真：2898 2646

網　　　址：http://books.mingpao.com/

電 子 郵 箱：mpp@mingpao.com

版　　　次：二〇二二年七月初版

I S B N：978-988-8688-60-9

承　　　印：美雅印刷製本有限公司